Edaenys Cher

Les Belles Silhouettes

Roman

© 2021 Edaenys Cher

Édition : BoD – Books on Demand,
12/14 rond-point des Champs-Élysées, 75008 Paris
Impression : BoD - Books on Demand, Norderstedt,
Allemagne

ISBN : 978-2-3223-9827-0
Dépot légal : Novembre 2021

*À mes tendres amis,
Syndy, Licia, Juline, Nathan et Dylan.*

PREMIER MOUVEMENT

Septembre

Octobre

Novembre

1
CLAIR DE LUNE

La lune brillait haut. Dans ce ciel noir, indéniablement vide, elle était le seul point de lumière visible, le seul trésor nocturne. Quiconque était assez téméraire pour observer la voûte céleste à une heure pareille se demanderait probablement où était passé toutes les étoiles du ciel. Les pieds sous les draps, les mains derrière la nuque, une adolescente observait l'astre solitaire. Allongée sous sa fenêtre de toit à peine ouverte, une brise glaciale souffla sur son visage et elle se sentit renaître. June avait le visage d'un chat, l'air malicieux, et de grands yeux anthracites dévorants de curiosité. Perchée sur sa bicyclette rouge au beau milieu de nulle part, elle rêvait, à cet instant précis, de tenir compagnie à la lune. . Elle saisit son smartphone pour prendre en photo le paysage qui se dressait au-dessus de sa tête, et parut feindre l'indifférence face à l'écran beaucoup trop lumineux qui affichait quatre heures du matin.

« Quatre heures du matin. » Se dit-elle avec un brin de fierté.

À cette heure, ses parents dormaient. Les voisins dormaient. Tout le quartier dormait. Tous, sauf elle. June était incapable de trouver le sommeil à trois heures de la rentrée. Elle était également incapable de rester allongée, là, à regarder le ciel immuable une seconde de plus. Elle se redressa aussi rapidement qu'elle le put, malgré sa musculature engourdie, et se glissa hors de son lit. June était persuadée d'avoir été un chat dans une vie passée, et d'avoir gardé certains vestiges de cette autre existence ; Elle était dotée d'une paresse et d'une discrétion inégalables. Elle se plongea dans sa paire de baskets préférée, dont le rouge pétant n'allait en aucun cas avec son pyjama vert. Mais qui le verrait, alors que la lune veillait encore sur elle ? L'adolescente empoigna son sac à dos, enfonça ses écouteurs dans ses oreilles et plongea son smartphone dans l'une de ses poches avant. Elle descendit les escaliers avec ce pas de velours qui lui était habituel. Elle ouvrit la porte de la maison avec un sourire fastidieux et la referma derrière elle avec ce même visage insolent. Sa bicyclette était juste devant elle, comme si elle l'attendait. Assise sur la selle, elle fit jouer sa playlist sur son smartphone suffisamment fort pour ne rien entendre d'autre que cette fastueuse mélodie. Elle pressa la pédale et se laissa entraîner sur le bitume. Elle s'éloignait de sa maison, de ses parents. Ses cheveux de la même couleur que l'horizon dansaient au gré de la brise nocturne et elle était au comble de la félicité. Elle ne voyait pas plus loin que le bout de son nez mais elle se laissait guider par ses envies. June était comme n'importe quelle adolescente de dix-sept ans. Vissée sur la selle de son vélo, elle attendait que le jour se lève, que le monde entier se lève.

2
SONATINE BUREAUCRATIQUE

Les pas retentirent sur le sol froid. Une foule morose, compacte, s'agitait dans les couloirs du lycée Saint-Louis. La respiration amère des retardataires qui avaient couru pour arriver avant l'heure fatidique se mêlait à la dissonance des conversations entre adolescents irrités. Certains se découvraient même un talent de protestant devant les listes des classes, séparés injustement de leurs tendres acolytes. June, sourcils froncés, avançait le regard planté au-dessus de la foule. C'est un sentiment étrange la solitude, au milieu d'une multitude de lycéens qui se connaissent déjà. Adolescente problématique, éternelle contestataire, ses parents l'avaient inscrite dans un lycée privé catholique pour sa dernière année. Dans son ancien établissement elle n'était ni connue pour sa ponctualité ni pour son assiduité. Loin d'être idiote pourtant, elle avait eu suffisamment de bons résultats pour éviter le redoublement ; ultime cauchemar aux yeux de son père. Perdue dans un flot de préoccupations, poussée à droite et à gauche par les mouvements de masse, June heurta par accident un jeune homme massif qui poussa aussitôt une exclamation scandalisée.

- Bon sang, tu peux pas regarder devant toi ?

Elle jeta vers lui un regard désolé et remua les lèvres sans émettre un son. S'excuser était pour elle la pire des tortures.

- Toi, t'es nouvelle. Lâcha la brute avec un brin de mépris.

- Ça se voit à ce point ? Ricana June.

- Y'a que les nouveaux qui partent pas en courant quand je les regarde dans les yeux.

La foule autrefois tumultueuse était désormais réduite au silence par le spectacle qui se dressait devant eux ; Quentin, la bête de deux mètres, était planté devant une pauvre ignorante qui ne savait pas à qui elle avait affaire. Un silence mortel et une tension sans pareil troublés par quelques "Idiote, baisse ton regard !" murmurés par-ci par-là dans un coin de la pièce : Voilà à quelle ambiance était réduite le couloir du lycée Saint-Louis en cette glorieuse rentrée. La sonnerie du début des cours retentit. Dieu avait visiblement décidé d'épargner l'émeutière. Quentin afficha un rictus avant de tourner les talons et de s'enfoncer d'un pas lourd dans le couloir. June soupira, c'était le combat de regard le plus troublant qu'elle eût jamais fait au cours de ses dix-sept ans d'existence. Elle semblait l'avoir gagné, pourtant elle ne sautait pas de joie.

« Cette dernière année de lycée ne sera pas aussi calme que tu l'avais prévu, très cher papa. »

Elle afficha un sourire provocateur et s'élança à son tour dans la foule chaotique qui ne la lâchait plus des yeux.

3
WRONG NOTE

L'ennemi était là. Dans la maudite classe de terminale trois, June observait Quentin qui allait çà et là à la recherche de la place idéale où poser son énorme séant. Elle fut obligée de feindre la surprise lorsqu'il s'empara de la chaise à sa droite, laquelle, si elle était vivante, aurait hurlé de douleur en lui servant de siège. Mais elle restait muette, tout comme June.
- Comme on se retrouve ! dit-il entre ses dents.
Sans nul doute étonnée par le fait qu'il lui adresse la parole avec autant d'amabilité, la brune farouche roula des yeux et ne dit mot. Et, avec cette placidité hésitante qui lui était tant habituelle, elle osait croire que si elle l'ignorait, son voisin aurait suffisamment de bon sens pour faire de même. Il avait effectivement assez d'esprit pour couper court à son monologue et se trouva une nouvelle occupation en serrant la main de tous les garçons qui entraient dans la salle, lesquels venaient automatiquement le saluer avec un grand sourire.
June observait les sièges se remplir peu à peu, agacée de constater que Quentin était adoré de la totalité de la gent masculine de sa classe. Elle fut cependant soulagée de voir que les filles l'évitaient comme la peste. Le dernier élève à passer la porte s'installa juste devant elle et, par un miracle insoupçonné, venait de passer devant Quentin sans même lui daigner un regard.

Le concerné, qui avait compris ce qui se cachait derrière l'air admiratif de June, se contenta de rire.

- Te bile pas, c'est parce qu'il est nouveau comme toi.

Il arborait continuellement un drôle de demi-sourire, un rictus arrogant, que June trouvait tout simplement insupportable.
Son voisin de devant, ayant compris qu'on parlait de lui, se retourna aussitôt, mais se figea dès qu'il croisa le regard de June. Il la dévisagea d'un regard qui intimidait presque la jeune

fille. Il avait de grands yeux noirs, et jamais elle n'avait vu une couleur d'iris aussi sombres de toute sa vie. Il fallait faire un énorme effort pour apercevoir la démarcation du contour de ses pupilles. June trouvait ses yeux curieusement fascinants. Il était proche, bien trop proche, et soutenait son regard sans prononcer une syllabe. Ses yeux donnaient l'impression de lire à travers l'âme des gens, mais l'être tout entier de June ne désirait qu'une seule chose au monde : qu'elle ne soit pas lue et analysée de la tête aux pieds, par lui, comme de la vulgaire poésie. La jeune fille ne détourna pas le regard et attendit patiemment que quelque chose ou quelqu'un prononce un mot, attire l'attention, afin de faire cesser cette situation plus qu'énigmatique.

- Tu nous veux quoi ? Retourne toi idiot.

Malheureusement, ce quelqu'un s'avérait être Quentin.
L'adolescent aux yeux vitreux détacha son regard de June, le posa sur Quentin, puis afficha un sourire embarrassé.

- Pardon, je ne voulais pas mettre ton amie mal à l'aise.

- Sa quoi ? le coupa June d'une voix étranglée.

Quentin la regarda du coin de l'œil, presque vexé par sa réaction, puis posa sa main sur l'épaule frêle du garçon devant lui pour y mettre deux petites tapes.

- Retourne toi, ou fais la conversation normalement mais ne nous regarde pas comme ça. Tu fais flipper.
    1.
Le garçon semblait hésiter, comme s'il avait voulu dire quelque chose mais qu'il en avait perdu le sens au cours des dernières minutes. Il eut un sourire désolé à l'intention de June et se retourna finalement.

- Ne me remercie pas, surtout. soupira Quentin une fois qu'il eut le dos tourné.

- Tu peux toujours rêver.

Il lui signifia d'un infime sourire qu'il avait prévu mot pour mot sa réponse, et se dépêcha de se laisser glisser sur sa chaise, les mains derrière la nuque et les jambes croisées.
June se surprit presque à apprécier Quentin. Elle avait l'impression qu'il ne se contentait que de jouer un rôle pour paraître fort et échapper à la faiblesse humaine ; Elle fut absolument incapable de réprimer un sourire.

4
LACRIMOSA

Si les larmes étaient sonores, elles hurleraient le long des joues pourpres des grands amateurs de poésie. Un art qui consiste, en quelques vers, à transmettre un violent transport dans le cœur des curieux qui en comprennent le subtile sens.
June faisait partie des grands amoureux de la prose. Mais en cet instant, alors qu'elle tenait entre ses mains un de ces trésors, elle ne fut prise d'aucune émotion. Son visage restait impassible. La bibliothèque qu'elle venait de trouver sur le chemin du lycée était pourtant tout simplement magnifique. Elle y était entrée de la même façon qu'un enfant entre dans une confiserie. Seulement, maintenant, l'excitation d'autrefois faisait place à la fatigue. Peut-être étais-ce à cause de tous ces cours de latin auxquels elle ne comprenait jamais rien, ou à ces cours de religions qui lui lessivaient le cerveau chaque matin, qu'elle n'arrivait plus à éprouver de plaisir là où elle avait l'habitude d'en gagner.
Ses yeux anthracites lisaient les lignes comme on lit une affiche collée à un mur, simplement pour se dégourdir la vue. Il lui fallut même de longues secondes pour remarquer la présence de quelqu'un d'autre à l'autre bout du rayonnage. C'était ce garçon, celui qui l'avait dévorée des yeux une semaine plus tôt avant que Quentin ne la sauve.
Elle n'arrivait pas à se souvenir de son nom. Il était aussi effacé qu'elle en cours. Peut-être, pour sa part, plus par timidité que par ennui. Les mains dans les poches, il observait la tranche des livres, cherchant visiblement quelque chose de bien précis. Ses cheveux noirs de jais se balançaient devant ses yeux au rythme des mouvements de sa nuque.

June ne voulait pas le saluer, non pas qu'elle ne l'appréciait pas, mais elle n'était pas d'humeur à parler. À vrai dire, elle regrettait déjà d'être venue ici et de ne pas s'être directement jetée sur son lit. Elle reposa le recueil qu'elle avait pris quelques minutes plus tôt, et dont elle avait de toute évidence déjà oublié le titre, avant de tourner les talons.

- June !

C'était lui. Il l'avait remarquée. June se figea, puis s'avança vers lui. Les sourcils de l'adolescente s'exhaussèrent en une adorable mimique d'interrogation. Elle feignait de ne pas l'avoir remarqué plus tôt.

- Ah ! Salut, je ne m'attendais pas à trouver quelqu'un du lycée ici.

Au regard de son expression, le garçon évasait ses pommettes tavelées en un sourire railleur.

- Tu penses peut-être que les élèves du Lycée Saint-Louis ne savent lire que des passages de la Bible ?

- Honnêtement ? Scanda-t-elle avec un sourire plein de malice.

Le jeune homme montra toutes ses dents et ses pommettes allèrent si haut qu'il fut obligé de cloîtrer totalement ses yeux. Au bout de plusieurs secondes de contemplation, June, prise d'un véloce remord de ne pas s'être souvenue de son nom, interrompit ce silence.

- Je dois y aller, on se voit en classe.

- C'est vrai qu'il est bientôt dix-huit heures, je n'ai pas vu le temps passer.

Après l'avoir régalée d'une rapide caresse sur la tête, le garçon se précipita vers la sortie. Ce ne fut qu'après avoir entendu la grande porte se fermer derrière lui que June put reprendre ses esprits, lesquels étaient submergés de questionnements. Parmi ces interrogations, elle se demandait ce qu'il était venu chercher ici, car il avait laissé tomber sa quête de livre à la hâte. De là, le souvenir de sa main sur la tête de la jeune fille suscita l'attention et l'intérêt de celle-ci.

5
REFLETS DANS L'EAU

Les cieux mornes annonçaient la pluie. Derrière les fenêtres embrumées, les élèves de terminale trois assistaient au dernier cours de la semaine. Assis sur un tabouret devant sa toile vierge, un garçon aux cheveux de jais semblait observer ses pieds. Il n'était pas rare au Lycée Saint-Louis de voir des adolescents contemplatifs et perdus dans leurs songes. Si l'on pouvait mourir d'ennui, il serait sûrement déjà six pieds sous terre. June s'approcha de lui d'un pas leste afin de lui tendre un livre sur son passage. L'adolescent releva la tête et l'agrippa avec hésitation, comme s'il était destiné à quelque autre fantôme alentour.

- Tu n'as rien pris à la bibliothèque, je pensais que tu n'avais pas pu faire ton choix. Alors voilà un de mes livres préférés, tu peux me le rendre plus tard. Annonça-t-elle dans un bruissement.

Elle s'en alla les mains dans les poches, observant du coin de l'œil quelle place elle pourrait occuper dans la salle. Elle priait au fond d'elle-même d'avoir été suffisamment froide pour ne laisser aucune rumeur se propager à son encontre. Le garçon derrière elle, laissait échapper un sourire en feuilletant un moment La Dame aux Camélias d'Alexandre Dumas. June s'installa finalement sur un tabouret, juste derrière Quentin. Elle essaya d'ailleurs tant bien que mal de se dire qu'il s'agissait là d'un simple hasard, bien que ses jambes l'eurent portées jusque là à une vitesse impressionnante.Dans les effluves de peintures, le professeur annonça l'exercice. Il s'agissait là d'un travail en binôme ; Un élève devrait poser pour qu'un autre peigne son portrait. Le choix des acolytes fut fait au hasard, de telle sorte que June se retrouva à peindre une jeune fille qu'elle n'avait jamais vraiment croisée auparavant. Elle était très belle ; Sa peau sombre contrastait avec de grands yeux bleus pétillants. Impossible de ne pas l'avoir remarquée si elles s'étaient déjà rencontrées. Elle était tout simplement comparable à une œuvre d'art ambulante. June entama une esquisse de son visage. Son coup de crayon trop peu assuré ne rendit pas hommage à sa muse, en somme, elle avait déjà raté son dessin. Elle se pencha en avant dans le but de voir par-dessus l'épaule de Quentin. Il n'aurait pas pu faire pire qu'elle et cela était rassurant de se comparer à lui. Les pupilles de June s'écarquillèrent en voyant la peinture déjà commencée du grand blond. Il avait reproduit à la perfection son modèle, un jeune garçon aux cheveux roux et aux yeux bruns. Le prodige s'appliquait à la tâche, tirant parfois la langue, se mordant les lèvres dans un court instant de passion. June fut surprise de voir chez un individu pareil autant de délicatesse et redoubla d'effort pour faire le quart de ce qu'il venait de produire. Lorsque la sonnerie se fit entendre, du moins, le chant latin morose qui servait de sonnerie, June soupira longuement. Elle n'était pas fière du résultat final et son portrait manquait cruellement de respect à la beauté presque olympienne de sa camarade. Quentin, qui avait fini depuis des lustres mais qui s'était appliqué à corriger chaque détails, montra le résultat de son travail acharné à son modèle qui ne put s'empêcher de sourire en se voyant représenté d'une telle façon. Tous sortirent de la salle dans un vacarme assourdissant dans lequel se mêlaient les cris d'amusement, l'averse, et les bruits de parapluies. June préféra rentrer chez elle sous la pluie diluvienne. Elle appréciait la sensation de l'eau glacée qui perlait sur sa peau.

6
INTERLUDE

Qu'il en soit ainsi. La providence ne laissait à June aucun répit. Énième mauvaise note, mutisme de ses parents, solitude dans l'existence. Voilà les maux qui inondaient l'esprit de l'adolescente déchirée. Assise sur un toboggan rouge dans un parc pour enfant délabré, June était recroquevillée sur elle-même et pleurait à chaudes larmes sous la pluie battante qui se mêlait à son chagrin. Il lui sembla que le ciel l'accompagnait dans sa peine.
Mais les gouttes cessèrent de glisser le long de sa chevelure en une fraction de secondes. La pluie ne s'était pourtant pas arrêtée, la pauvre enfant entendait les gouttes d'eau battre la terre humide.
La brune releva alors la tête et découvrit avec stupeur, derrière ses cils humides, la jeune fille qu'elle avait peint plus tôt. Elle tenait un parapluie qui abritait June, se mettant elle-même à découvert dans un acte héroïque. Sa robe blanche lui collait à la peau et elle frissonnait dans un courant d'air glacial. Elle ressemblait à cet instant à une statue de déesse grecque, celles dont les plissés des robes sont magnifiquement travaillés dans le plus pur des marbres. June essuya ses larmes aussi vite qu'elle le put à l'aide du revers de sa manche et dans un gémissement d'amertume, foudroya du regard sa preuse chevalière.
Elle détestait qu'on la perçoive dans un pareil état. Le rouge lui monta aux joues, heureusement le soleil couchant, dans un acte de bonté, se chargea de rendre les deux taches sur ses pommettes presque invisibles.

- June ? Je suis Viviane, dans ta classe. Commença-t-elle finalement d'une voix affaiblie. Je suis désolée, tu préfères sûrement rester seule, mais je t'ai aperçue ici et ça m'a fait de la peine de te voir te noyer sous cette averse.

- Je vais bien. annonça simplement la concernée en détournant le regard.

2.

Elle rajusta d'un mouvement de nuque la position de ses mèches noires. Vivianne s'approcha de sa taciturne camarade. Elle leva les yeux au ciel et étira les lèvres en un sourire compatissant. Elle continuait d'abriter June et se prenait la pluie de plein fouet. Ses mains tremblaient sous le froid, mais malgré tout cela, elle trouva le courage de s'accroupir en face de June qui ressemblait maintenant plus que jamais à un chaton en détresse.

- C'est bien de vouloir avoir l'air forte, mais on a déjà assez de durs à cuirs dans le lycée comme ça. s'enquit-elle, un brin moqueuse.

L'image de Quentin lui prenant la tête dès la rentrée vint à l'esprit de June et elle esquissa un frêle sourire.
Dans un mouvement d'hésitation, Vivianne prit June dans ses bras. L'adolescente se laissa faire et fondit en larme dans le creux de l'épaule de celle qui lui caressait le crâne avec une affection altruiste ; Peut-être est-il légitime d'admettre ses faiblesses quand il le faut.

7

7

LETTRE À ÉLISE

L'orage grondait de telle sorte qu'on entendait plus que lui. Il s'improvisait chef d'orchestre, dirigeant la pluie qui s'écrasait contre les fenêtres, derrière lesquelles des élèves apathiques se demandaient comment ils avaient pu en arriver là. Seule June avait de quoi se réjouir ; Ce fut au terme de cet abominable cours de latin qu'elle eut l'occasion de récupérer son bien le plus précieux. Cela faisait une semaine qu'elle avait prêté à ce garçon, qu'elle connaissait pourtant à peine, La Dame aux Camélias. Elle se doutait qu'il n'allait pas le lui rendre en si peu de temps, mais l'attente était insurmontable pour celle dont les jours s'écoulaient misérablement. Le professeur ayant endormi la moitié de ses élèves, et une partie de lui-même avec ça, il n'était pas bien difficile pour les survivants de se retourner pour bavasser. Le jeune homme assis devant June avait tout simplement saisi cette occasion en or pour lui tendre son livre avec un sourire gêné. Ce sourire crispé fit trembler tout l'être de sa destinataire. N'avait-il pas aimé ? Il n'aurait pas pu. S'il y avait bien une chose pour laquelle June était sûre d'elle, c'était bien son goût littéraire. Elle agrippa fébrilement l'ouvrage et leurs mains se frôlèrent dans un instant d'embarras commun, sous les yeux déconcertés de Quentin.

- Soyez niais plus tard. Il est seulement sept heures.

Sa voix rauque laissait à penser que son réveil était plus que récent. June remarquait ses cheveux blonds humides qui lui collaient au front et lui faisaient une drôle de tête. Elle l'imagina courir sous la pluie, après s'être réveillé à la hâte avec une expression d'ahuri. Cette vision lui parut absolument exquise et elle retint un gloussement. Son régal laissa cependant place au malaise, lorsqu'elle comprit que le jeune homme d'en face ne s'était toujours pas retourné. Il la fixait de cette façon agaçante qui lui rappelait son arrivée au lycée Saint-Louis. Ses yeux, comparables à deux petites obsidiennes, se posèrent successivement sur June et sur l'objet qu'elle tenait entre les mains, comme s'il essayait de lui faire parvenir un message. Mue par un inexplicable instinct de romantique refoulée, ou par un ennui qui lui faisait espérer des rebondissements insensés, elle feuilleta quelques pages de son roman. Son cœur s'arrêta de battre lorsqu'elle tomba sur un bout de papier plié en quatre. Ce ne fut que lorsqu'elle commença à le défroisser entre ses doigts crispés que son camarade se décida enfin à se retourner. Il semblait cependant être agité par un soudain transport d'anxiété, ce qui n'aida pas June à relâcher la pression qui pesait sur son talent de conseillère. Quentin prit un air de dégout exacerbé tandis que la brune aux lèvres mordues procéda discrètement à sa lecture.

Chère June,

J'imagine qu'il est enfin temps de te remettre le livre qui m'a été prêté, et qui m'a bercé durant ces quelques nuits passées. Je le feuilletais lentement, admirant ces doux mots encrés sur des pages pourtant si rêches. Ce récit m'a mené au sein d'un univers éthéré, où je pouvais m'égarer dans les beaux périples des personnages. Aucun chapitre n'a su trahir mon enivrement, m'entraînant seulement dans une admiration enhardie. Et étrangement, ta présence semblait m'assister lorsque je parcourais ton roman. Ça me faisait plaisir, comme si nous le lisions à travers les yeux de chacun.

- Jae.

Ses joues s'empourprèrent lorsqu'elle relut les deux dernières phrases de ce mot auquel elle ne s'attendait certainement pas. Elle se reprit aussi vite qu'elle le put, cachant son visage derrière des cheveux noirs épars. Ce n'était certainement pas une déclaration, c'était sûrement un simple moyen de lui prouver qu'il avait lui aussi un certain amour des livres. Oui, c'était une déclaration aux livres. Au moins maintenant, elle connaissait son nom. D'un mouvement de dos leste, June se pencha vers l'avant pour taper timidement l'épaule du plumitif. Son regard croisa le sien, et une lueur curieuse s'alluma dans les prunelles du garçon.

- Merci Jae. Elle se contenta de composer un sourire chaleureux.

Cet insignifiant remerciement sonnait, aux oreilles de Jae, le mélodieux glas d'une magnifique journée.

SECOND MOUVEMENT

Avril

Mai

Juin

8
LA CATHÉDRALE ENGLOUTIE

Le soleil s'élevait en éternel solitaire, s'arrachant de la compagnie des nuages qui étouffaient d'ordinaire l'éclat de l'astre. Le ciel était d'un bleu aussi éclatant que la robe de June, sur laquelle une brise malicieuse glissait doucement, pour donner l'illusion d'une danse perpétuelle. Confortablement installée sur un banc, la brune balançait ses jambes au rythme des musiques qui s'évadaient de ses écouteurs. L'éternelle pluie avait, pour une fois, fait preuve d'assez de bonté pour céder sa place à la chaleur, à la clarté et à la beauté du monde.

La douce enfant était bien déterminée à profiter de cette exquise journée. En ce sens, elle avait décidé de ne pas se rendre au lycée, mais avait néanmoins pris son sac à dos pour éviter une énième confrontation parentale. Il était pour elle hors de question de passer ce temps, si précieux, prise au piège entre quatre murs.

Les gouttes de sueur s'accumulaient sur son front, donnant au passage à sa frange un aspect poisseux. Il fallait bouger pour éviter de fondre sur place. Elle se redressa d'un vif mouvement et s'étira de tout son long comme un chat sortant d'un agréable assoupissement.

Les pieds plantés dans l'asphalte, les mains sur les lanières de son sac, la vagabonde se mit à marcher sous un soleil meurtrier. Elle avait décidé de se rendre à la fête foraine de la ville voisine, laquelle ouvrirait ses portes dans l'après-midi.

L'adolescente se surprit à penser, avec une pointe au cœur, qu'elle aurait aimé être accompagnée dans sa courte escapade. Elle eut un soupir, affectant la nonchalance, préférant feindre l'indolence que d'assumer avoir besoin de compagnie. Mais, dans son errance, son cœur lui comprima la poitrine et le regret de sa solitude se faisait plus brutal. D'une rotation abrupte de ses talons, June fit demi-tour et se mit à courir en direction du lycée Saint-Louis. Il n'était pas trop tard pour le croiser, *lui*.

Arrivée devant l'immense façade, June reprit son souffle, les mains sur les genoux pour garder le peu d'équilibre qu'il lui restait. Ses joues étaient rougies par l'effort et ses cheveux dégoulinaient de sueur. Elle n'était pas à son avantage, et elle en fut absolument certaine lorsqu'elle eut le dégout de croiser son reflet dans l'une des fenêtres du bâtiment. Lorsqu'elle crut apercevoir ce qui lui sembla être la silhouette de Jae, errant comme une âme en peine à travers la foule pressante, elle eut un mouvement de recul presque instinctif. Son cœur battait excessivement vite à l'idée de lui adresser la parole dans cet état si pitoyable. Mais elle n'avait pas couru en haletant comme un animal au bord de l'agonie pour faire demi-tour. June reprit une respiration plus calme au fur et à mesure qu'elle s'approchait du garçon aux airs de somnambule. D'une voix hésitante, et entremêlée de crainte, elle l'interpella finalement. La sonnerie allait retentir d'une minute à l'autre et elle n'avait pas le temps de tergiverser davantage.

- Jae ?

Le concerné ralentit le pas, bien qu'il n'allait déjà pas bien vite, jusqu'à devenir parfaitement immobile. Il se retourna finalement avec hésitation, comme s'il n'était lui non plus pas convaincu par cette intervention. Lorsque son regard croisa celui de la jeune fille aux cheveux ébouriffés et à la peau cramoisie, il baissa le menton, soudainement intimidé par cette présence devenue précieuse. June se racla la gorge pour prendre une intonation plus assurée et, le regardant droit dans les yeux, posa la fatidique question qui occupait son esprit depuis le début de son marathon insensé.

- Si je partais, tu viendrais avec moi ?

Sur ces mots, June soupira, comme si elle s'était débarrassée d'un énorme poids. Elle agrippa les plis de sa robe pour essuyer ses mains devenues moites.

- Si tu partais ? répéta t-il lentement pour être sûr d'avoir saisi le sens de ces paroles.

Devant le silence de June qui continuait de soutenir un regard aguerri, derrière lequel se cachait véritablement de la crainte, Jae eut un sourire adorable. Il entrouvrit les lèvres pour lui répondre, mais la sonnerie couvrit totalement le son de sa voix. Sous les yeux déconcertés de June, le garçon lui prit la main et l'attira de l'autre côté de l'immense portail. Elle avait sa réponse.

9
VALSE SENTIMENTALE

La nuit n'était pas encore tombée. Le soir qui s'étirait semblait inviter à profiter jusqu'à la fin des temps de la place pétillante de la ville. Sous les lampions, June tapait des mains pour encourager celui qui, accroupi et le menton à quelques centimètres d'une bassine remplie d'eau et de jouets, tentait tant bien que mal de sauver son honneur. Jae, le visage plissé par la concentration, essayait de glisser l'hameçon de sa canne à pêche dans l'anneau fixé sur le crâne d'un canard en plastique qui le provoquait ouvertement. Lorsqu'il y parvint enfin, les prunelles de June s'illuminèrent pour rendre son visage plus radieux qu'il ne l'était déjà. Elle se retourna brusquement en direction du propriétaire du stand de pêche, l'index sous le nez pour se donner un air important. L'adolescente plissa ses yeux de chats, dont les cils étaient si rapprochés qu'ils semblèrent un instant former une seule ligne. Son doigt se pointa soudainement en direction d'une petite peluche en forme de dinosaure, bondissant comme un diablotin hors de sa boîte.

- Je veux celle-là. s'exclama-t-elle fièrement.

Lorsque le vieillard lui tendit son prix, elle ne put s'empêcher d'arborer une mimique amusée. Jae se relevait doucement, ses jambes étant engourdies par l'effort. Lorsqu'il se retourna avec un sourire en coin, s'attendant sûrement à être remercié de sa persévérance à toute épreuve, il fut surpris de se retrouver nez à nez avec le dos de June qui s'enfonçait soudainement dans la foule joyeuse. Elle était comme une enfant ; Une minute d'inattention suffisait à la perdre à travers les différents jeux que la fête avait à lui offrir.

Aîné d'une fratrie de trois frères, le garçon à la mine inquiète eut le réflexe de se lancer après elle pour lui attraper la main sans crier gare. L'insouciante se retourna dans un mouvement de peur, puis, voyant le visage familier se dresser devant-elle, se contenta d'observer cette main qui entourait la sienne avec un regard qui ne trahissait aucune émotion. Jae était désormais mal à l'aise et regrettait amèrement ce geste irréfléchi. Le ciel lui accorda cependant une chance de se rattraper ; Il porta curieusement son attention sur un stand de tir à sa droite, et son occupant lui rappelait vaguement quelqu'un ...

- Ce serait pas ... ? S'enquit Jae d'une voix forte en s'approchant de l'objet de son appétence.

- Qui voilà ! s'exclama un grand blond, campé derrière son stand, l'air ravi et hilare. Si je m'attendais à voir mon couple préféré ici !

June se figea sur place en entendant la voix de <u>Quentin</u>, et resta la bouche grande ouverte devant le spectacle qui se dressait devant ses yeux. Jamais elle n'avait pu espérer meilleure vengeance que de le voir dans un uniforme tricolore absolument infâme. Elle lui trouva malgré les circonstances, un air de personnage de film. Les mains dans les poches, les yeux rivés sur eux, ne manquait plus que la cigarette pour en faire un héros dramatique. Les lumières blafardes qui l'éclairaient en contre jour lui donnaient même des allures de créature mythique. La jeune fille fut sur le point de rectifier la nature de la relation qu'elle entretenait avec le grand brun qui l'accompagnait, mais lorsqu'elle se souvint que sa main étreignait la sienne et que la peluche qu'il avait gagné pour elle était pressée contre sa poitrine, elle se ravisa. Elle aurait eu l'air idiote, même avec la plus pure des intentions.

Devant le silence de ses deux interlocuteurs qui l'observaient comme une bête de foire, Quentin s'étira tranquillement avant de fermer le rideau coulissant de son attraction, disparaissant totalement derrière celui-ci. Seule sa voix râleuse et imposante rappelait sa présence au monde.

- Y'a que des mômes ici, ça craint.

- C'est faux, on est là. Objecta June.

Il réapparut de derrière l'emplacement qu'il occupait avec nonchalance et se contenta de leur faire un signe de la main peu convaincant.

- Vous venez ?

June et Jae échangèrent un regard perplexe.

- Où ça ? S'enquit le second.

Quentin leur tourna le dos avec indifférence, prêt à déambuler dans la foule festive.

- Ailleurs. Loin. Mieux qu'ici. Ces mots lui étaient venus à l'esprit comme une évidence, pendant qu'il avançait à pas comptés. Je dois passer chercher quelqu'un d'ailleurs, alors, que vous soyez là ou non ! Siffla-t-il les deux mains posées à l'arrière de sa nuque.

Les deux amis se regardèrent à nouveau dans les yeux pour chercher l'approbation de l'autre, et se surprirent à partager un même sourire complice. June se voyait à travers l'attitude désinvolte du garçon qui trahissait une réelle et intense envie d'être entouré, malgré les apparences. Elle agrippa la manche de Jae et ils s'élancèrent à la poursuite de Quentin dans l'obscurité qui commençait à recouvrir leur univers. Toutes les choses visibles, sans exception, s'effaçaient dans la pénombre et parmi elles ; Trois adolescents avec des rêves pleins la tête.

10
LA PLUS QUE LENTE

Viviane observait le paysage éphémère qui défilait devant ses grands yeux bleus. Assise à l'arrière d'un camion délabré aux côtés de deux jeunes gens qu'elle connaissait à peine, embarquée dans une des nombreuses folies de son ami le plus insoupçonné, la belle regrettait son tendre lit. Où l'emmenait-on, à l'heure ou Morphée lui tendrait les bras ? Penchée par-dessus la vitre grande ouverte, June profitait de la brise fraîche qui glissait le long de sa factieuse chevelure. La présence de cette fille qui avait autrefois séché ses larmes suffisait à sa quiétude, qui aurait été normalement altérée par le conducteur inexpérimenté qu'elle voulait insulter, ou par le visage endormi du garçon à ses côtés qui était malencontreusement tombé sur son épaule. Il lui sembla que rien ne pouvait plus la troubler. Mais son instinct avait oublié de prendre en compte les sempiternelles manigances du chef de la bande. D'un grotesque mouvement de pied sur la pédale de frein, celui-ci avait eu raison des trois adolescents. Les contemplations de Viviane, le sommeil de Jae et les rêves éveillés de June disparurent pour laisser place à l'incompréhension. Les trois pauvres chérubins désorientés observèrent les alentours dans un silence suspendu. Ils étaient entourés de vieux bâtiments, les environs semblaient déserts, et bien que personne ici n'eut pensé que Quentin avait bon goût, ils étaient loin de s'imaginer que son cas était aussi inquiétant. Le concerné sortit de son véhicule à la hâte et céda le pas à ses compagnons de route, qui le dévisageaient avec amertume dans la nuit froide. L'expression sur son visage était enfantine ; Ses yeux bruns pétillant dans l'obscurité et son immense sourire railleur qui laissait se creuser deux fossettes dans ses joues pleines auraient pu donner envie à n'importe qui de le suivre où qu'il puisse aller, et ce jusqu'au bout du monde. Quentin n'eut pas le temps de donner une once d'explications à ses amis qu'il s'était déjà retourné, répétant cette même gestuelle de la main qui lui avait été, dès lors, attitrée. À l'arrière d'un des bâtiments, la bande d'adolescents se mit à grimper sur tout un échafaudage qui menait à l'éminence. Viviane soupirait à chaque petit pas qu'elle effectuait sur une échelle qui lui semblait sans fin, concernée par la légalité de ce qu'ils entreprenaient tous. Des gens habitaient probablement là, et elle n'avait pas le droit d'occuper leur espace pour prétendre être indocile, Quentin l'était déjà bien assez pour deux. Arrivée au sommet, ses pensées s'en allèrent aussi rapidement qu'elles étaient arrivées. La jeune fille se figea sur place et n'osa plus faire de bruit tant elle était bouche bée par le spectacle qui se dressait devant elle. L'insignifiante existence des quatre compagnons était recouverte de centaines d'étoiles, peut-être même plus ; Des milliers, des millions, des milliards d'étoiles. Elles étaient plus brillantes les unes que les autres, plus divines, et leur lueur contrastait avec un ciel bleu cobalt absolument irréel. Pourquoi ne les avaient-ils pas remarquées plus tôt, brillaient-elles déjà autant lorsqu'ils étaient en bas ? Personne ne pouvait répondre à ces questions, mais tous se les posèrent un nombre incalculable de fois. Fanfaronnant de sa brillante idée, Quentin se félicita sous les yeux stupéfaits des deux filles qui l'accompagnaient jusqu'à lors avec septicité. June fut obligée d'admettre que le ciel était magnifique et cette lune qu'elle chérissait tant lui semblait plus belle maintenant qu'elle était accompagnée. Elle s'installa au bord de la structure ; Les pieds dans le vide, la tête levée vers le ciel. Elle balançait les jambes dans un mouvement de volupté et arborait un sourire comblé. Du point de vue de Jae, June semblait s'être assise juste sous la lune. Il la rejoignit sous le point de lumière sans faire de bruit. Cette vision admirable lui avait donné envie d'être à ses côtés. Elle tendit le bras et referma ses doigts en face de l'astre nocturne. Devant cet acte qu'il trouvait ridiculement adorable, le garçon tendit lui aussi son bras en direction de la lune, mais il s'arrêta dans son geste pour ne pas l'emprisonner entre son poing.

- Je te la laisse.

Se contenta t-il de murmurer en s'allongeant paresseusement. June le remercia de sa générosité par un tendre sourire. Quentin sortit de son sac à dos plusieurs canettes de bière. Il s'installa en tailleur près des deux éphèbes, avant d'être rejoint par Viviane qui avait terminé de remplir sa galerie de photographies sublimes. Ils formèrent un cercle, se passèrent les boissons et rirent de bon cœur aux blagues les plus médiocres qu'ils avaient à offrir. Éméchés, les adolescents se mirent à danser autour du cercle, tournant sur eux, valsant par dessus les canettes vides dont le contenu avait été absorbé, sans doute, trop rapidement. Les âmes égarées qui passaient par là s'amusaient de ce singulier spectacle ; Car dans la nuit froide et solitaire, si l'on portait son attention sur un certain bâtiment, elle était immédiatement happée par quatre frêles silhouettes, qui dansaient, valsaient, et riaient dans un bal romanesque, sous un ciel enchanteur.

11
RÊVERIE

Le soleil brillait haut. Dans ce ciel radieux et diaphane, emprunt de réconfortantes réminiscences, il éclairait le monde, il réchauffait les cœurs. Sous la chaleur de l'été, abrités par les ombres maternantes des arbres, des adolescents perchés sur leurs vieux vélos se laissaient glisser le long des rues aux senteurs de lavande et de miel. Parmi eux, une jeune fille s'élançait avec diligence et les dépassait de peu. June avait le visage d'un chat, l'air malicieux et de grands yeux anthracites dévorants de curiosité. Ses cheveux noirs étaient comme une tache d'encre sur une feuille immaculée ; Elle était cette charmante maladresse, qui rendait le tout plus beau. Agitant les mains au ciel, fermant les yeux avec un sourire espiègle, la douce enfant narguait ses amis qui peinaient à la suivre. Elle s'amusait de l'affront qu'elle causait à Quentin, le sportif de son lycée, et à Vivianne, qui n'en démordait jamais. Elle ralentissait par moment, par considération pour son petit ami qui s'épuisait plus vite qu'eux. Lui qui, lorsqu'il ressentait la présence de Morphée, avait prit la fâcheuse habitude de poser sa tête contre son épaule. June venait d'avoir dix-huit ans. Vissée sur la selle de son vélo, elle attendait que la réalité la rattrape. Mais elle n'y arriverait pas, et elle pourchasserait l'horizon, *jusqu'à ce qu'elle l'atteigne finalement.*

Fin